MAREK MONIKOWSKI

ZIELONA KSIĄŻECZKA O ZIELONYM LESIE

Ilustrowała

KRYSTYNA SZCZEPAŃSKA

*Pamięci Mojego Brata,
który kochał wszystkie lasy
i wszystkie dzieci.*

ISBN 1-893744-00-0

Wydawnictwo DOMINICUS
810 Woodview Dr., Stevens Point, Wisconsin 54481

Printed by CHEMIGRAPH CO., Chicago, IL. • USA

MOTYLE

Jakież dziwne dziś kwiaty
Na polanie wyrosły,
Gdzie króluje kosmaty
Pień bukowy, ogromny.

Skąd wśród leśnej gęstwiny
Takie dziwne zjawisko?
Czy przypadkiem nie śnimy?
Jakże pojąć to wszystko?

Biały kwiatek w czapeczce,
Żółty nosi kapelusz,
Aż się wierzyć nam nie chce,
Że tak jest przyjacielu,

Modry kapelusz na różowym,
Żółty na kwiatku lila
Brązowa czapa na fioletowym,
Wielka, że aż go pochyla.

Idziemy dwa kroki jeszcze,
I wszystkie kwiatów welony
Wzlatują nagle w powietrze
Na skrzydłach motyli spłoszonych.

Kwiaty główkami kiwają,
Nad nimi obłok tęczowy.
Za moment motyle wracają
Do swych wybranek kwiatowych.

(9.I.1987 r.)

OPOWIADANIA STAREGO DĘBU

Na polanie siądź pod dębem,
I posłuchaj, o czym szumi,
Dąb ten lat ma chyba pięćset,
Dużo widział, dużo umie,
    Opowiada bardzo ładnie
    Rzeczy dziwne, niesłychane.
    Drzewa wokół na polanie
    Milczą wszystkie zasłuchane.
A on szemrze, a on gada.
Odżywają w tym wspomnieniu
Ludzie, co tu zwykli siadać
Trzysta, dwieście, sto lat temu.
    Jeśli cicho sobie siądziesz
    Na polanie, wśród dąbrowy
    Dąb staruszek ci opowie,
    Co się działo, gdy był młody.

(2.I.1987 r.)

MAŁA SARENKA

Sarenka mała
Wszystkiego się bała,
Pająka się bała grubego
I komara bzykającego.

      I ropuchy, bo skacze
      I wrony, bo kracze
      I mrówek w mrowisku
      I ognisk na kartoflisku.

Bała się również stonogi
I ślimaka, który ma rogi
I dzikich gęsi klucza
I trzmiela, co głośno huczał.

      Bała się także zająca
      I wiatru, co liście potrąca.
      Jak wszystkie dzieci, które znamy
      Nie bała się tylko swej Mamy.

(7.I.1987 r.)

ZAJĄC

Świsnął wiatr w wierzchołkach drzew,
Świsnął na wysokiej nucie,
Poruszył się pobliski krzew,
Więc zając wolał uciec.
      Gdy nieostrożny zwierz lub ptak
      W gęstwinie ruszy gałęziami
      W tchórzliwym sercu budzi strach
      Już zając gna susami.
Daleko w polu zarżał koń,
Stuknął kamień w dół spadając,
Czy mógł się tego przestraszyć ktoś?
Jedynie tylko zając.

(13.X.1985 r.)

WIEWIÓRKA

Jest to historia dosyć dziwna:
Ani jednego nie ma skrzydła,
Ani nawet jednego piórka,
A jednak fruwa wiewiórka.
    Nie może wszakże, wiecie to sami,
    Równać się w locie swoim z ptakami,
    Bo przecież z ziemi jak ptak nie wzleci,
    By gdzieś wysoko siąść na gałęzi.
Ale z drzewa na drzewo skacze
Wcale nie gorzej niż ptaszek,
A kto nie wiedział, temu powiem,
Że w locie steruje ogonem.
    Najłatwiej wiewiórkę zobaczyć w lesie
    Kiedy się złota rozpoczyna jesień,
    Bo wtedy wszystkie wiewiórki
    Zapasy na zimę znoszą do dziupli.

(21.I.1987 r.)

ZŁODZIEJSKA NATURA

Myśli Pani, Pani Sroko,
Że kto siedzi tak wysoko,
Może sobie kraść bezkarnie
Małym ptaszkom jajka z gniazdek.
    Choć ma Pani piękne pióra,
    Lecz złodziejska twa natura,
    A tę zawsze każdy zgani,
    I nie będzie lubił Pani.
Jak się Pani nie poprawi,
To się Pani lanie sprawi,
I pozbawi się ogona,
Będzie z Pani śmieszna wrona.

(16.I.1987 r.)

OPOWIEŚĆ O DZIWNYM WYŚCIGU

Jeśli wam powiem, moi mili,
To się z pewnością śmiać będziecie,
Ale raz wygrał ślimak wyścigi,
Najprawdziwsze wyścigi na świecie.
    I jeszcze dodam na początek,
    Choć wielu znowu parsknie śmiechem,
    Że wygrał ślimak wyścig z zającem
    Też najprawdziwszym na świecie.
Znał zając dobrze tempo ślimacze,
Bardzo był pewien zwycięstwa swego,
Więc, gdy stanęli razem na starcie,
Rzekł: "Jaka trasa, Panie Kolego?"

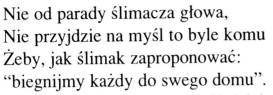

Nie od parady ślimacza głowa,
Nie przyjdzie na myśl to byle komu
Żeby, jak ślimak zaproponować:
"biegnijmy każdy do swego domu".
    Zając do domu ma dość daleko,
    Ruszył więc ostro susami
    Lecz go zatrzymał gwizdek sędziego,
    Koniec wyścigu, zwycięzcę mamy.
Ślimak ze swoim domem na grzbiecie
Dumnie ku podium zwycięzców zmierza,
Słabszy mocnego, jak sami wiecie,
Sprytem nie siłą czasem zwycięża.
    Historię ową świadkowie biegu
    Do dzisiaj w lesie opowiadają,
    Słuchaczy boki bolą ze śmiechu,
    Słuchać nie lubi jej zając.

(7.I.1987 r.)

PRZYGODA ZASKROŃCA

"Teraz to już ze mną koniec!"
- Pomyślał kiedyś zaskroniec,
Ujrzawszy nad sobą kije
I ludzi krzyczących: "Bij żmiję!"
    Jak tłumaczyć, gdy kij w górze,
    Że nie w jego jest naturze
    Kąsać ludzi i, że przy tym
    Wcale nie jest jadowity.
"Zjadam żaby, ryby, myszy".
Lecz kto węża głos usłyszy?
Gdy nad głową kij złowrogi,
Bierz zaskrońcu za pas nogi.
    Prędko pełznie wąż po trawie,
    Już nie słychać ludzi prawie,
    Może spocząć i pomarzyć o tej chwili,
    Gdy go ludzie ze żmiją nie będą mylili.

(9.I.1987 r.)

WSZĘDOBYLSKA

Ma sikorka na głowie
Spraw rozlicznych istne mrowie,
Już od samego rana
Jest dosłownie zalatana.
　　Najpierw śniadanie,
　　Potem gniazdka sprzątanie
　　Później wizyta u Ciotki,
　　Następnie sąsiedzkie plotki.
W południe obiad w przelocie,
Bo po obiedzie spraw krocie:
Przymiarka u krawcowej,
Herbatka u Teściowej,
　　Zebranie wszystkich ptaków,
　　Wizyta u Państwa Szpaków,
　　U kosmetyczki czyszczenie piórek
　　I leśnych ptaków wieczorny chórek.
A po kolacji, gdy wszyscy wokół
Chrapią już smacznie na drugim boku,
Nasza sikorka, choć spać jej chce się,
Plany na jutro robi w notesie.

(12.I.1987 r.)

SÓJKA

Znacie wierszyk Pana Brzechwy
O tej sójce, co za morze
Rok po roku się wybiera,
Ale wybrać się nie może.
　　　Wierszyk znacie oczywiście,
　　　Lecz niewielu się pochwali,
　　　Że zna sójkę osobiście,
　　　Że już w lesie się spotkali.
Chociaż nie jest małym ptakiem
I ma barwne upierzenie,
Podejść sójkę trudno, bracie,
Bo ostrożna jest szalenie.
　　　Ma słuch dobry, bystre oczy.
　　　Wie to sowa, kos i szczygieł,
　　　Więc gdy ptasie są wybory,
　　　Sójka lasu jest strażnikiem.
Każdy będzie ostrzeżony
Sójki przeraźliwym skrzekiem,
Tak ochrypłym, że głos wrony
Jest słowiczym prawie śpiewem.

(5.I.1987 r.)

URZĄD SĘDZIEGO

Ptaki to naród kłótliwy
I do plotek też skory,
Musi ktoś sprawiedliwy
Rozwiązywać ich spory.
    Obowiązkom sędziego
    Byle kto nie podoła,
    Lecz wśród rodu ptasiego
    Jest na szczęście też sowa.
Chociaż nie studiowała
I do szkoły nie chodzi,
Wiedzy tyle zebrała,
Że za mędrca uchodzi.
    Nie ma w tym nic przesady,
    Bo rozumu ma dużo
    I głowę nie od parady,
    By pełnić swój urząd.

(21.I.1987 r.)

PECHOWIEC

Zaplata pająk nad ścieżką sieci,
Na tłustą muszkę ślinka mu leci.
Do końca pracy jeszcze godzina!
Jeszcze pięć minut! Jest pajęczyna!
      Pod liść schowany, na łup już czekał,
      Ale, niestety, miał dzisiaj pecha.
      Ścieżką żniwiarze z pola wracali,
      Sidła pajęcze porozrywali.
Pająk rozpacza. Pająk przeklina!
Gdzie indziej pracę trzeba zaczynać.
Między jałowcem a jeżyną
Z nową się biedzi pajęczyną.
      Gdy ją ukończył po ciężkim znoju,
      Przybiegły sarny do wodopoju,
      I znów - o zgrozo - jak poprzednio
      Zniszczyły całą sieć pajęczą.
Na nowo trzeba pracą się zająć,
Choć kiszki głośno marsza już grają,
Ale najbardziej pająka boli,
Że muchy mogą hasać do woli.

(8.I.1987 r.)

JASZCZURKA

Są w naszych lasach miejsca takie,
Gdzie pnie drzew ściętych, piasku górka,
Tu spotkać będzie wam najłatwiej
Potwora, co się zwie jaszczurka.
Chociaż się lubi w słonku wygrzewać
Ten nasz "krokodyl" znacznie zmniejszony,
Obejrzeć z bliska trudno go jednak,
Bo umknie prędko trzaskiem spłoszony.
Pod pień się schowa, słysząc hałasy,
A ci, co w lesie hałasują,
Będą jaszczurkę mogli zobaczyć,
Gdy im ją w książce narysują.

(15.I.1987 r.)

MALINY

Zadam wam pytanie proste:
Czy maliny są zazdrosne
O owoce swe czerwone
Letnim słońcem osłodzone?
Kto maliny jadł z koszyka
Lub z białego talerzyka,
Śmiać się będzie i odpowie,
Że nam jakieś głupstwa w głowie.

Lecz zazdrosna jest malina,
Wie to chłopak i dziewczyna,
Co do lasu się wybrali,
I tam malin nazbierali.
Malina zazdrosna pani
Kolczastymi gałązkami
Broni dzieci swych jak umie.
Narwij malin! To zrozumiesz!.

(10.I.1987 r.)

ELEGANTKA

Wystroiła się Jarzębina
Z początkiem wiosny
W sukieneczkę zieloną
Z listeczków drobnych.
    Chociaż inne drzewa wokół
    Zazdrościły jej urody
    Elegantka już myślała
    Żeby jeszcze się przystroić.
Zafundowała sobie latem
Mnóstwo zielonych koralików
Ale myśleć nie przestała
Aby dodać sobie szyku.
    Zamówiła u Pani Jesieni
    Sukienkę w plamy złocone
    I poprosiła Słoneczko
    O korale krwisto czerwone.
I choć rzadko to się zdarza
W świecie pełnym elegancji,
Strojna Pani Jarzębina
Stoi dumna w tej kreacji.

(2.I.1987 r.)

BUDOWA MROWISKA

Przywędrowały mrówki do lasu
I jak to mrówki, nie tracąc czasu
Zaczęły wszystkie razem pracować,
Żeby mrowisko nowe zbudować.

Pracę zaczęły od fundamentu,
I choć nie miały łopat, cementu
Ani koparek, ani spychaczy,
Nie przestraszyły się ciężkiej pracy.

A ziarnka piasku dla mrówek małych
Są tak wielkie, jak dla nas skały,
Mimo, że przyszło dźwigać na plecach,
Nikt nie próżnował, nikt nie narzekał.

Ma korytarzy mnóstwo mrowisko,
Główny inżynier sprawdza więc wszystko,
Nie mają mrówki cegieł i stali,
Lecz ich budowla się nie zawali.

Kiedy skończono roboty ziemne
Ruszyły mrówki na ścieżki leśne,
A każda wraca najkrótszą drogą
Igłę sosnową niosąc ze sobą.

Dla małej mrówki taka igiełka
To drzewo całe lub duża belka,
Chociaż niejedną ciężar przydusi
Dach ich domostwa mocny być musi.

A po tygodniu i to niecałym
Stanął dom mrówek wielki, wspaniały.
Ale nie będzie wstęgi przecięcia,
Mrówki już nowe mają zajęcia.

(18.I.1987 r.)

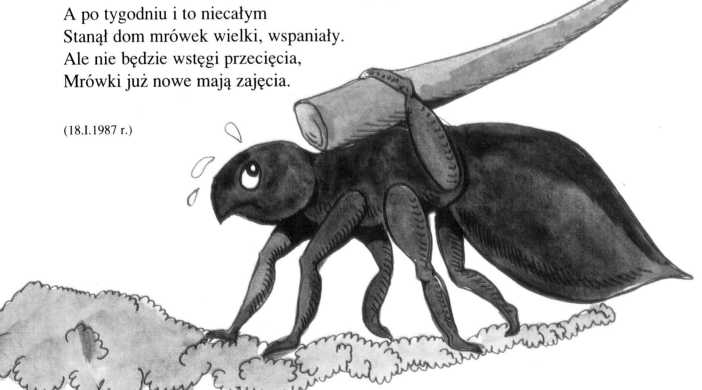

NIESPEŁNIONE MARZENIE MUCHOMORA

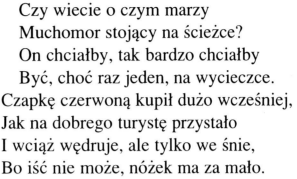

Czy wiecie o czym marzy
Muchomor stojący na ścieżce?
On chciałby, tak bardzo chciałby
Być, choć raz jeden, na wycieczce.
Czapkę czerwoną kupił dużo wcześniej,
Jak na dobrego turystę przystało
I wciąż wędruje, ale tylko we śnie,
Bo iść nie może, nóżek ma za mało.
O drugiej nodze szkoda jednak marzyć
Więc chciałby, jak te grzyby, co rosły w sąsiedztwie,
Znaleźć się w jednym z koszyków grzybiarzy
I świat podziwiać przez małą szpareczkę.
Przez te zgryzoty marszczy się i zwija
I od losu nie czeka niczego dobrego,
Bo każdy grzybiarz z dala go omija,
Wy przecież wiecie dlaczego.

(12.X.1985 r.)

KTO SIĘ BARDZIEJ PRZESTRASZYŁ?

Mały lisek z rudą kitą
Ten, co mieszka w leśnej norze,
Ma zabawę znakomitą,
Gdy sam iść na spacer może.
  Może się za drzewa chować,
  Może czasem pisnąć głośno,
  Może kitą się wachlować,
  Gdy jest z Mamą, nic nie wolno.

"- Jaki piękny dzisiaj dzień,
Aż żal siedzieć w norze dusznej,
Mamę twardy zmorzył sen,
Na spacerek się wypuszczę".
          Pięknie kręci lisek kitą,
          I z radości podskakuje,
          Nagle staje! "Co za licho?"
          Ktoś mu drogę zastępuje.
"- Nie znam wcale tego zwierza!"
Myśli lisek przestraszony.
"- Ma dwie nogi, nie ma pierza,
Jakiś potwór nieznajomy!"
Mały Mariusz też się boi,
Bo domyślać się zaczyna,
Że to zwierzę, co tu stoi,
Bardzo lisa przypomina.
Nagle przemknął wiatr po borze,
I po chwili, Panie Bracie,
Lisek był już w lisiej norze,
A Mariusz przy Tacie.

(19.I.1987 r.)

JAGODY

Otuliły się w liście jagody,
Kiedy owoc pokazał się młody
Zielony zupełnie i kwaśny
Niechaj słońce mu lica pokraśni.
Liść jagody się teraz nie liczy,
Teraz owoc nabiera słodyczy.
Teraz wśród słońca promieni
Jagódka się zarumieni.
Pogoda nadal przepiękna.
Jagódka setna, tysięczna,
Już wszystkie czarne twarzyczki
Ukrywają jagodziny wśród liści.
Dla dzieci je pochowały
Dla dzieci dużych i małych.
Niech szukają! Niech znajdują!
Niech się cieszą i smakują!

(8.I.1987 r.)

BARDZO WAŻNA OSOBISTOŚĆ

Kto wielkopańskie zwyczaje ma?
Kto od świata się odgradza?
Kto lubi siedzieć w domu sam?
Kto adresu swego nie zdradza?
        Kto nosi czarny, lśniący frak
        W niedziele, piątki, środy?
        Być może odgadł już ktoś z was,
        Że to o kreta chodzi.

(13.X.1985 r.)

DZIĘCIOŁ

Pan dzięcioł ma ciągle zajęcie,
Z pnia na pień wciąż przelatuje,
Pan dzięcioł sprawdza zawzięcie,
Które z drzew w lesie choruje.
    Od rana stuka z ochotą,
    A stukot ten w lesie zna każdy,
    Robaki, co siedzą pod korą,
    Najchętniej pod ziemię by wlazły.
Ale na próżno robak się biedzi,
Dziób ostry znajdzie go wszędzie,
Drzewo, na którym dzięcioł siedzi,
Na pewno zdrowsze będzie.
    Widząc z dala kapelusz czerwony
    Cieszą się wszystkie drzewa chore,
    A pracą dzięcioła nikt nie jest zdziwiony,
    Pan dzięcioł jest przecież lasu doktorem.

(12.X.1985 r.)

BRZOZOWA KAPELA

Brzozowe listki, brzozowe
Brzozowe listki, majowe
Brzozowe listki wiosenne
Wesołą śpiewają piosenkę
    Brzozowe gałązki cieniutkie
    Na ludową zagrają nam nutkę,
    Zagrają oberka wesoło
    Zatańczy maj z wiosną wokoło.
A gdy wiatr przeleci nad lasem
Skrzypnie konar grubo basem,
Pobiegnie ścieżkami kapeli brzozowej
Radosne granie majowe.

(18.I.1987 r.)

LAS ZIMĄ

Przykryty śnieżną pierzyną
Śpi nasz dobry las zimą,
I borsuk śpi w swojej norze
Jak zawsze o tej porze.
Lecz nie każdy w zimie zasypia,
Choć śnieg leśne ścieżki zasypał,
Biegną sarny, bo wiedzą, gdzie siano
Dla nich leśnik przywozi co rano.

Tropem saren zając szarak podąża,
On też lubi sianko na obiad,
A sikorki się zbiły w gromadę,
Odbywają wojenną naradę.
"Na głodniaka iść spać nie wypada!
Jaka na to najlepsza jest rada?
Lecieć do wsi, gdzie dobre dzieci
Wywiesiły słoninkę, że aż ślinka leci".

(9.I.1987 r.)

ŚWIERCZEK I SOSENKA

Chwalił się świerczek przed sośninką:
"Kiedy urosnę będę choinką,
Wezmą mnie ludzie do swych pokoi,
Cała rodzina będzie mnie stroić.

    Na mych gałązkach bombki zawisną,
    Wśród mych igiełek lampki zabłysną,
    Dzieci zawieszą ciastka, cukierki,
    I będą o mnie śpiewać piosenki.

    W swej sukni będę piękna i strojna
    Jak bardzo ważna dama dostojna,
    A gdy w Wigilię Gwiazdka zapłonie,
    Prezentów mnóstwo suknią osłonię".

    "- Co odpowiedzieć?" - martwi się sosna
    "- Wprost nie wypada bym była gorsza!"
    Rusza gałązki wiaterku powiew,
    Sosna zaczyna swoją opowieść.

    "- Ja, kiedy bardzo duża urosnę,
    To będę łodzią i łodzi wiosłem
    I pływać będę po wszystkich wodach:
    Rzekach, jeziorach a nawet morzach.

    Albo pan stolarz w warsztacie swoim
    Krzesełka ze mnie zrobi i stolik.
    Dzieci odrobią prace domowe,
    A ja o świecie czegoś się dowiem".

    Sosna przed świerkiem, świerczek przed sosną
    Nawzajem chwalą się tym, że dorosną,
    Jak małe dzieci jak przedszkolaki,
    Co często mają też zwyczaj taki.

(11.I.1987 r.)

KUKUŁCZY APETYT

Są o żarłokach przysłowia dwa,
Jeśli nie znacie to usłyszycie,
Że z kopytami konia ktoś zjadł,
Albo o wilczym apetycie.
　　　Wilczy apetyt, można się uśmiać.
　　　Toż to pomyłka lub bajeczki,
　　　Trzeba apetyt wilczy porównać,
　　　Do apetytu kukułeczki.
Jeżeli mógłby wilczek zjeść
Tyle co młoda kukułeczka,
To albo by jak balon pękł
Lub gruby był jak beczka.

Dlatego, że apetyt ma,
Kukułka rośnie jak na drożdżach.
Ja apetytu też życzę wam,
I kukułczego jeśli można.

(14.I.1987 r.)

LEŚNE KWIATKI

Spadł w nocy deszczyk wiosenny,
A z rana słonko przygrzało.
Idą dzieci leśną ścieżką,
Coś w trawie zamigotało.

       Czy to z deszczem spadły gwiazdki,
       Których pełno tutaj wkoło?
       Nie, to przecież są stokrotki,
       Uśmiechają się wesoło.

Uśmiechają się też dzieci,
Bo po nocy tej majowej
Las obudził swoje kwiatki
Żółte modre i różowe.

       Na cieniutkich swych łodyżkach
       Każdy się ku słońcu wspina.
       Leśny dzwonek im oznajmia,
       Że nieprędko będzie zima.

(3.I.1987 r.)

KRÓL GRZYBÓW

Królem zwierząt jest lew,
Królem śpiewaków słowik,
Dąb władcą naszych drzew,
Królem grzybów: Borowik!
    Chociaż Muchomor ma
    Czerwony płaszcz, jak króle,
    Grzyby go nie chcą znać,
    Za bardzo przecież truje.
A jeśli powie ktoś,
Że to niesłuszny wybór,
Będziemy wiedzieć, że ten gość,
Nie zbierał nigdy grzybów.
    Bo przecież dobrze o tym wie,
    Kto w lesie był z koszykiem,
    Że każdy chętnie skłoni się
    Przed Królem Borowikiem.

(13.I.1987 r.)

GRZYBOBRANIE

Już jesień liście maluje
Farbą czerwoną i złotą,
Z koszyczkiem w ręku wędruje
Na grzyby Mariusz z Dorotą.
      "To już znajomy nasz lasek,
      To już znajomy jałowiec!"
      Mariuszek to mały chłopaczek
      "Czy dobry ten grzybek?" - Odpowiedz.
"To podprawek, panie bracie!
Bierz go prędko do koszyka,
Pyszny będzie w marynacie,
Pójdzie prosto do słoika!"
      Idą dalej, idą śmiało,
      Tu borowik, tam maślaki
      Już w koszyku miejsca mało,
      Są w nim kanie, są kozaki.
Kurki w mchu się pochowały,
Rydze znowu w gęstej trawie,
Wypatrzył je Mariusz mały
I już pełny koszyk prawie.
      Jeszcze jedna duża kania,
      Którą w maśle chętnie zje się,
      I już koniec grzybobrania.
      "Do widzenia dobry lesie!"

(10.X.1985 r.)

UŚMIECHY POZIOMEK

Śmiały się poziomki
Listkami młodymi,
Gdy wiosenny wietrzyk
Przegnał resztki zimy.
    Śmiały się poziomki
    Białym kwieciem
    Śmiały się radośnie
    Do dzieci.
Śmiały się czerwono
Poziomki lipcowe.
"Jedzcie nas dzieciaki:
- Na zdrowie!"

(4.I.1987 r.)

IGIEŁKI PANA JEŻA

Żadna krawcowa z miasta Łodzi
A może nawet żadna na świecie,
Na pewno igieł tylu nie nosi,
Ile ich nosi Pan Jeż na grzbiecie.

      Są to, co prawda igły bez ucha
      W krawiectwie wcale nieprzydatne,
      Jeża to jednak nie zasmuca,
      Bo nigdy w życiu nie chciał być krawcem.

A kto zacięcie naukowe ma
I rachowanie czasem ćwiczy,
Gdy spotka jeża, niech raz dwa,
Igiełki jego zliczy.

      Nie będzie z tym kłopotów stu,
      Bo się w kuleczkę zwinie jeżyk,
      Lecz niech pamięta nawet zuch,
      Że jeża głaskać nie należy.

(14.I.1987 r.)

NIEPOSŁUSZNY DZIK

Mały dzik, warchlakiem zwany,
Pewnego ranka nie posłuchał mamy.
Rodzinka cała na ziemniaczki,
A nasz łobuziak chowa się w krzaczki.
      "- Po co mam łazić daleko w pole,
      Kiedy ja właśnie żołędzie wolę!"
      I w czyn wprowadza swoje zamiary,
      Biegnie, gdzie rośnie wielki dąb stary.
Żołędzi mnóstwo spadło tej nocki,
Je z apetytem, puchną mu boczki,
A gdy już cały napełnił brzuszek,
Pod dębem usnął i śpi jak suseł.
      Lepiej zostawmy w spokoju śpiocha,
      Bo już na pewno szuka go locha,
      A że nie będzie w dobrym humorze,
      Nam też coś złego zdarzyć się może.

(15.I.1987 r.)